JN151184

句集

四季に思いを寄せて

ヘソ茶・著

竹林館

まえがき

私はこれまでに二冊の本を出版したところ、思いのほか好評だったので、内心満足しています。

そこで、気を良くして三冊目にこの句集を出版する決心をしました。ところで、この日本には、とっても美しい四季があります。そして、私たちの生活はこの四季と密接につながり、いつもこの四季を肌身で敏感に捉えながら楽しく暮らしています。

その中で、私の琴線に優しくふれたことをこの句集にまとめてみました。そして、この四季を通じ、春の花見酒、夏の花火酒、秋の紅葉酒、冬の雪見酒と四季折々に美酒をたしなみながら生きる幸せを感じています。

皆様といっしょにこの幸せを味わいたく、お暇つぶしにご笑覧くだされば、著者としてはこの上ない喜びです。

著者敬白

四季に思いを寄せて

目　次

夏

秋

冬

カバー絵・本文挿絵　髙坂 勝恵（妻）

春

老いてなほ
心ときめく
ひなまつり

地域のシルバークラブのひなまつりで
おばあさんたちと懇談したとき、
少年の頃を思い浮かべ、心がはずんだ。

春

茶畑や
市松模様
春の雪

京都、和束方面をドライブしているとき
春雪に見舞われ、茶畑が美しい市松模様に
見えた。

つつじ咲く
大刈込みの
慈光院

奈良・慈光院でつつじを眺めながら
お茶をいっぷくいただき、心が和んだ。

春

熊野路や
肩に花散る
露天風呂

花散る熊野古道沿いの露天風呂で
春の風情を満喫した。

惜しむらく
散るも美し
あかね花

最愛の娘（あかね）が53歳の若さで天国に召され
悲嘆に暮れる日々を送る。

友招き
にわか野点《のだて》に
蝶笑ふ

私の習ったばかりの野点の作法がぎこちないのか
蝶に笑われているように思えた。

久々の
夫婦ゲンカに
山笑ふ

ケンカの原因は食器の後片付けについてだったけれどささいなことでケンカして、二上山に笑われたように思われた。

立春や
障子のほこり
ぬぐい取り

日差しが少し明るくなってきて、障子のサンのほこりが目立つようになってきた。

春分や
児童のはしゃぐ
通学路

少し温かくなって、登校するこどもらにも
元気が出てきたように見えた。

のんびりと
小舟の浮かぶ
春の海

鳴門大橋を通ったとき、小舟が数そう
のんびりと浮かんでいるのが見えた。

春寒や
膝掛けそっと
かけてやる

風邪を引くなよ…可愛いひ孫ちゃん。

似合ってる
ひ孫のスーツに
花が舞ふ

ひ孫の小学校入学のときの光景が
目に浮かぶ。

春宵や
柱時計の
ネジを巻く

我が家には柱時計が２つある。
ところが、ネジを巻くのをよく忘れ、
止まるのである。

老妻と
懐古に浸《ひた》る
花見かな

妻を連れ、久しぶりに吉野山へ花見に行った。
そして、昔のことが頭に浮かんだ。

春

新緑や
神の大屋根
包み込む

毎月１日、三輪の大神神社へ参拝するが、
新緑が一段と目にまぶしい。

山合いに
人目を避けて
咲く野梅

妻と二人、近くの山道をハイキングしたとき、
遠く向こうに白い花が目に止まった。

春泥を
ばらまき走る
トラクター

家の近くの田んぼを耕して、
タイヤについた土をばらまきながら
走り去った。

春風や
ラジオ体操
歌流る

日曜の朝、どこからかラジオ体操の音楽が
流れてくるのが聞こえた。

青空へ
突き上げ咲くや
桐の花

桐の花はどうして威張ったように
天を突き上げて咲くのかな…。

手をつなぐ
卒園式の
親子かな

我が子をいつくしむ母親の顔が
ほほえましく見えた。

春

山の辺の
花咲き乱る
小道かな

久しぶりに妻と二人、山の辺の道を歩いたとき、
小道のまわりに咲く花が目に止まった。

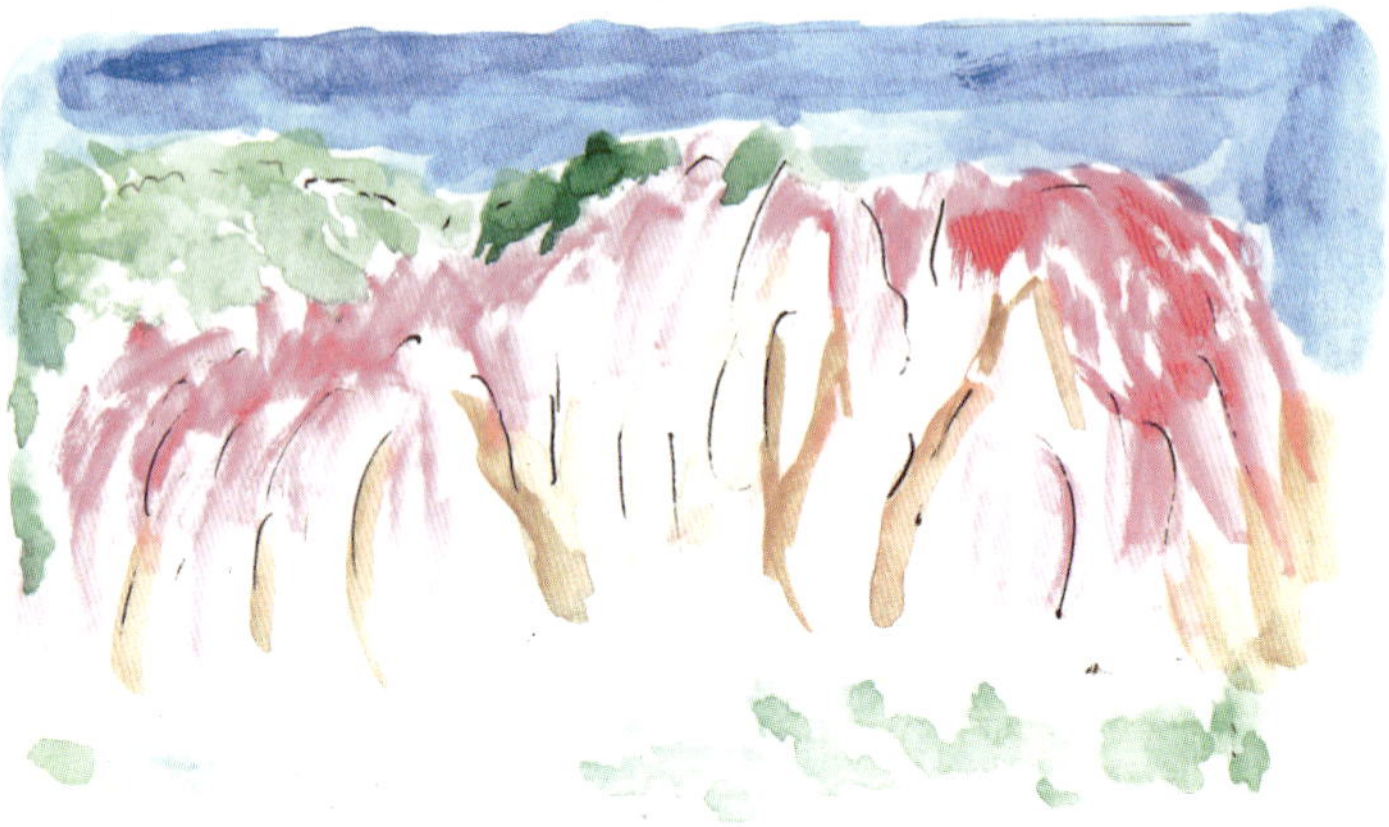

夕凪《ゆうなぎ》や
しだれ桜も
ピンと垂れ

40年ほど前、大阪・港区に
住んでいたとき、街路の桜が
垂れ下がって咲いていた。

ぼんぼりに
妖《あや》しく浮かぶ
ボケの花

京都の夜の公園を散策したとき、
ボケの花が妖しく映った。

友見舞ふ
足取り重し
藤の花

30年来の友が長患いしているので見舞った帰途、
駅のホームに藤の花が垂れ下がっていた。

春雨や
熊野古道の
苔光る

小道の両脇に緑の苔が
えも言えぬほど美しく映った。

夏

目標も
下方修正
半夏生

毎年、元日に目標を立てるが、残念ながら、
大方、半年で挫折する。

水無月や
柳生の里は
花盛り

毎年６月13日に柳生の里へドライブするが
花いっぱいだよ。

渓流に
ときおり跳ねる
岩魚《いわな》かな

今一瞬、跳ねて見えた小魚は
何と美しい姿なのだろう。

日も暮れて
そよ風渡る
青田かな

夕暮時、近くの田んぼのあぜ道を
散歩するのを日課にしているが、
青田が目にしみる。

お茶席へ
二匹の蝉の
飛び込まむ

お客様を歓迎するように
二匹のアブラゼミが飛び込んだ。

梅雨晴れ間
ぬか味噌混ぜて
幸を知る

老妻と二人で自家特製のみそが作れる幸せを
ひしひしと感じたよ。

腹いせに
金魚拾匹
買ってくる

ささいなことから夫婦ゲンカ。
スーパーの前で偶然金魚を買う。

ゴキブリの忍者もどきに大騒ぎ

夕食時、突然、ダイニングに
大きなゴキブリが出現、
大騒ぎするも、どこかへ消えた。

七夕や
短冊文字に
誤字見つけ

小6のひ孫が書いた短冊に
誤字を見つけたので
教えてやった。

夏

鰻重や
真夏の夜の
夢で食ふ

うなぎを食べて精をつけたいけれど、
高いからなあ〜どうしようかな…。

打ち水や
朝の空気の
旨さ知る

早朝、空気がうまい。深呼吸してから
庭の草花に水をやる。ああ楽しい。

赤子抱く
ピチピチママの
夏帽子

駅前で若い親子とすれ違った。
赤ん坊も可愛かったが、
若いママさんの方へ目がいった。

夏

体温に
気温が競ふ
大暑かな

気温が 40 度を超えたら何と呼ぼうか、
極暑日かな…？

猛暑日や
環状線を
ふた廻り

160円で2時間ほど。涼しいぞ…。

午後三時
ひ孫喜ぶ
かき氷

猛暑日、我が家に来たひ孫は
必ず「かき氷」を催促する。

風鈴の
音色かすかに
膝枕

老妻にひざ枕で耳掃除をしてもらっているとき、
風鈴の音が聞こえてきたので少し涼しい気分になった。

花火見に
行こか止めよか
この暑さ

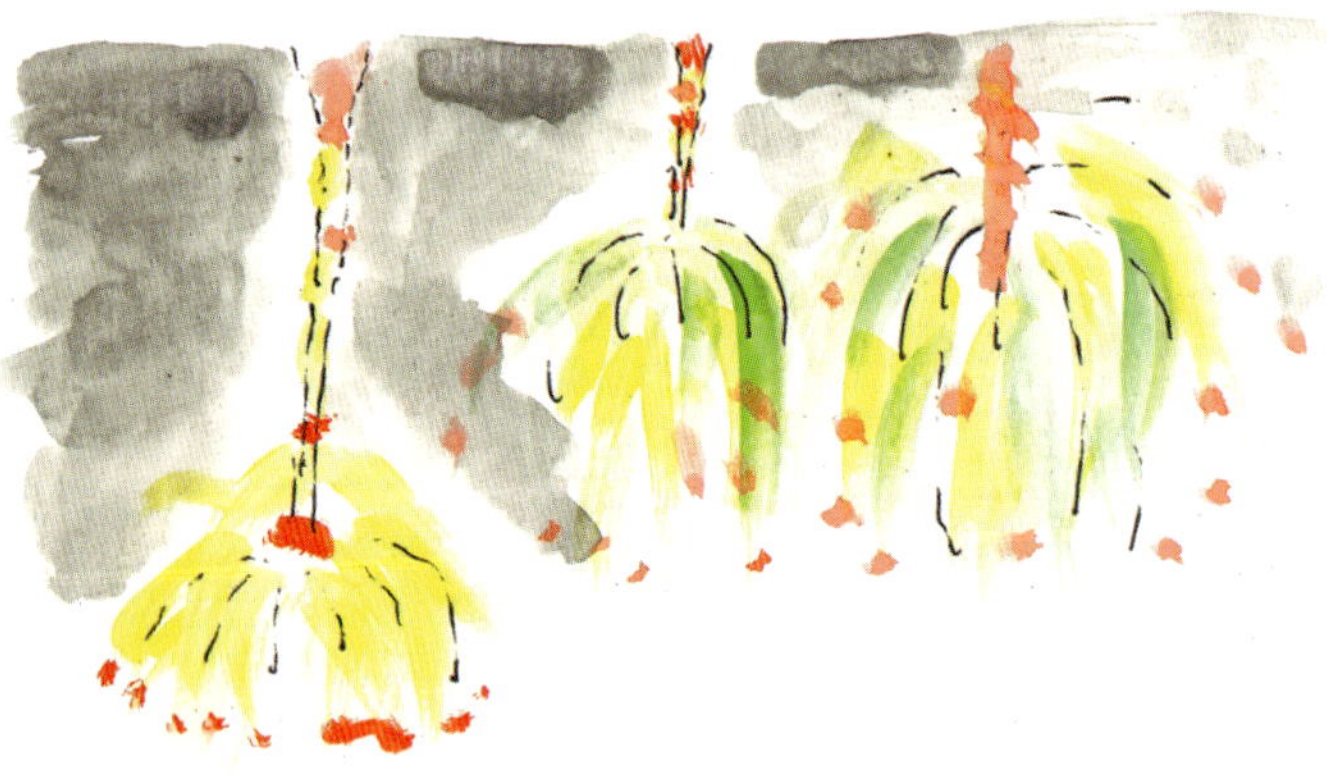

歩いて30分、あまりに暑いのでどうしようかな。

中元の
宅配便は
両隣り

我が家にはどうして中元が
来ないのかな、くやしいな。

北国へ
期待外れの
避暑の旅

この前、期待をして北海道へ行ったけど、
暑くて期待外れだった。

年増女《としまめ》や
いで立ち競ふ
盆おどり

近所の公園で盆おどり大会があった。
しかし、踊り子はほとんど年増の女ばかり。
夜目、遠目、笠の内とは言うけれど…。

百日紅
俺《われ》を見下ろし
あざ笑ふ

猛暑を喜んで咲く百日紅の赤が憎らしい…。

すだれ下げ
暗い座敷で
もの思ふ

暑い、暑い、すだれを下ろし、
少し暗くした座敷でもの思いにふける。

赤ちゃんと
枕並べて
昼寝かな

暑いけど、自分が生んだ赤ちゃんだ。
一緒に昼寝しよう。

夏草や
線路のバラス
押し退けて

この暑さにもめげずに線路に生えている
雑草は強いなあ。

床の間の
掛軸替へて
夏がゆく

猛暑にも少しかげりが見えてきたので、
掛軸でも替えて秋を呼ぼうかな…。

秋

名月や
仰ぐ二人に
幸満つる

月を愛でる幸をひしひしと感じる
老夫婦です。

悔恨の
水子の像に
おはぎ供《す》え

50年前の禍根が一生ついて回る。
痛恨の心で水子像をおがむ。

コンバイン一息つく間に刈り終わる

昔、鎌で10時間、
今、コンバインで1時間、
あっという間に終わる。

コスモスの
ゆれる小径《こみち》を
遠廻り

私はコスモスが大好き。
だから遠回りしてでも見て通りたい。

名月や
見上げて懐古
半世紀

毎年、仲秋の名月を夫婦で眺める。
一年の安穏を願うて…。

ドラフトに一位指名の笑顔かな

1位指名された選手の笑顔は何とも言えないほど幸せを感じる。

彼岸花
ヘッドライトに
浮き上がる

夜、早く帰宅しようと思い、近道になる土手の上の細い道を通る。その時、両脇に咲いている彼岸花がヘッドライトに浮き上がる。

秋茄子や
娘に喰わせ
機嫌とる

老後のことを考えて少しは長男の嫁の機嫌も
取っておこう。気は進まないけれどね…。

石榴《ざくろ》の実
裂けて朝日を
浴びにけり

ザクロの実はこうも見事に自然に
裂けるものなのか、不思議だなあ。

愛犬も
仰向けに寝る
秋日和

犬もすがすがしい秋の日和には
寝たくなるのだろう。

秋

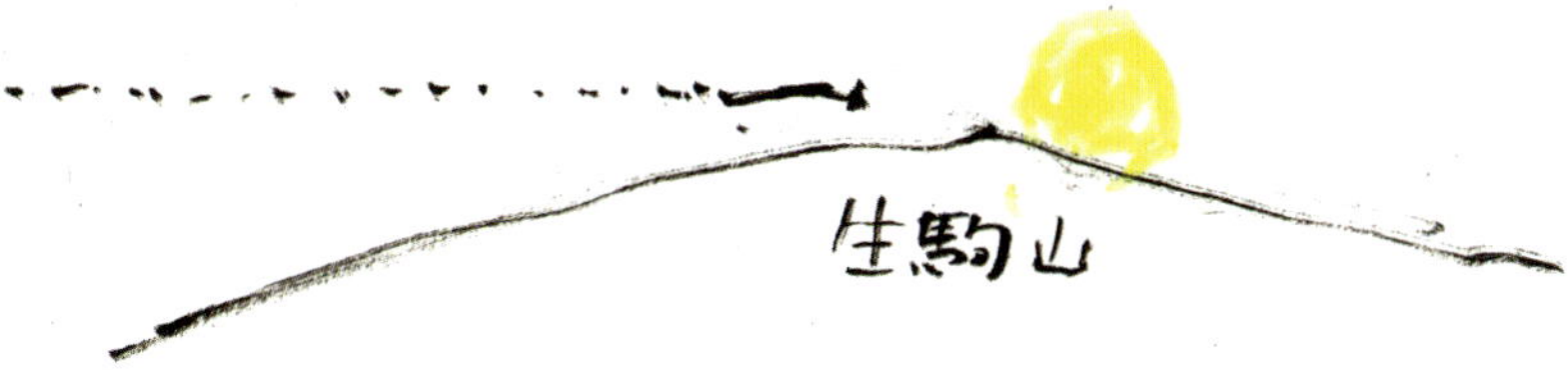

また一機
大夕焼けに
消えてゆく

この機は息子の居るホノルルから
飛んで来たのだろうかな…。

秋

天空に
舞ひ上がるのか
そばの花

奈良の笠という所にソバの名所がある。
一面の畑がソバの白い花に覆われ、
空とつながるように見えた。

老夫婦
枕並べて
仰ぐ月

我が家の寝所から寝そべって
天空の月を仰ぎ見ることができる。
そして、いつの間にか寝る。

秋深し
小閑の具に
とりつかれ

ヒマなときどうしよう、
寝るか、語るか。それとも…。

似合ってる
孫のスーツに
赤い羽根

孫もやっと一人前になってくれて嬉しいな。

くねくねと
山道登り
葛の花

山道もくずも、どこへ向かうのか、
くねくねしているな。

うそ寒や
番茶をすする
老夫婦

今年も残り少なくなってきたな。
番茶がうまい。

村を染め
つるべ落しの
日も暮れる

晩秋の日は本当に早く隠れるなあ。
もう少しゆっくりしろよ。

ひよどりや
喜々とついばむ
木守柿

それだけは残しておくれ、
ヒヨドリくん。

吉野路や
どこまで行けど
錦なり

絵の具ではこれほどの色は出ないだろう。
見応えがあり飽きないぞ。

松茸や
妻の鼻歌
聞こえけり

我が家には高嶺の花の松茸がひょんなことから１本手に入った。これを妻が料理しているが、果たしてどうなるやら。

もみじ狩り
今年も見頃
外れけり

毎年、見頃を外しているが、バカみたい。
よく調べてから行け。

錦秋や
温泉街に
下駄の音

温泉客には下駄がよく似合う。
温泉街をカランコロン。

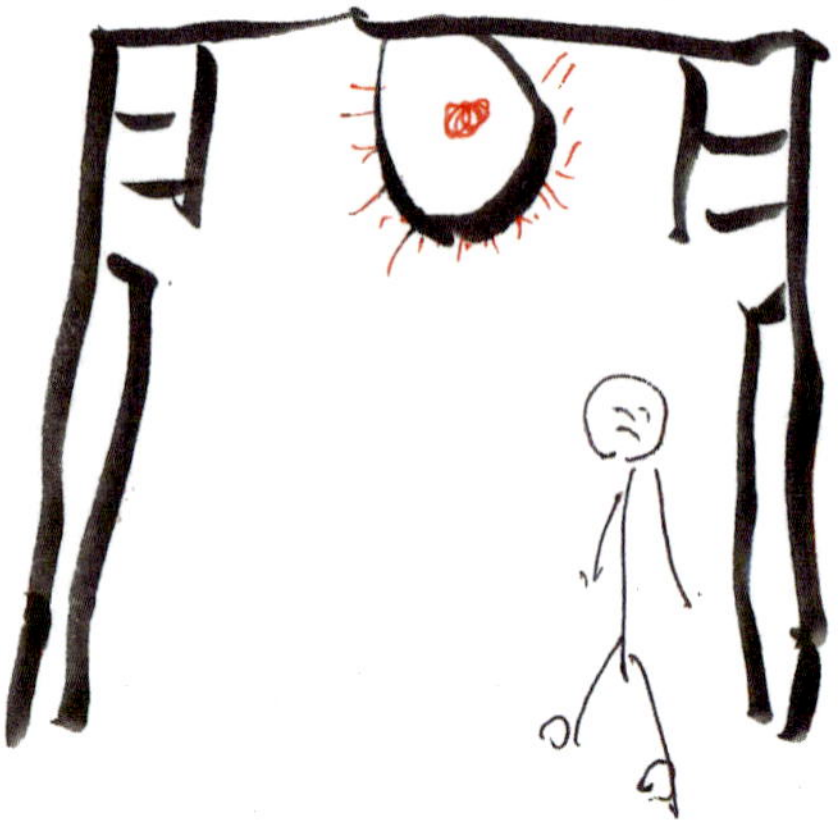

門燈を
点し妹《いも》待つ
秋の暮れ

晩秋の日暮れは早い。燈をともし、老妻を待つ。
早く帰って来いと願いつつ…。

秋雨や
夫婦の枕
寄りにけり

肌寒くなってきたからだよ。
誤解しないでね。

冬

暇だけど
忙《せわ》しく見せる
師走かな

忙しくしていないと悪いような師走。
でもヒマだなあ。

日も落ちて
家路を急ぐ
年の暮れ

腹減った。早く帰ろう、カラスも帰っていく。

廃屋の
熟柿啄《ついば》む
目白かな

目白くん、おいしいかい。
残さず食べろよ。

老妻と
手を取り合ふて
冬支度

コタツ出そうよ、寒いよ。
パッチも用意して、オバアさん。

冬

冬空へ
カラスの親子
消えてゆく

仲良しの親子のカラスがうらやましいな〜。

秋篠《あきしの》で
冷気和らぐ
足湯かな

大根足の恥ずかしさも、寒さに勝てん。
オォー寒…。

冬

寒牡丹
恥ずかしそうに
菰《こも》の内《なか》

寒いからボクもその中へ
入れてくれないか。

冬日差す
終《つい》の住処《すみか》の
庭いじり

30年来、手塩にかけてきた庭だもの、
いとしいよ…。

冬空や
刻一刻と
暮れなずむ

ドンヨリとした冬空を眺めていると、
何となく悲しくなってくる。

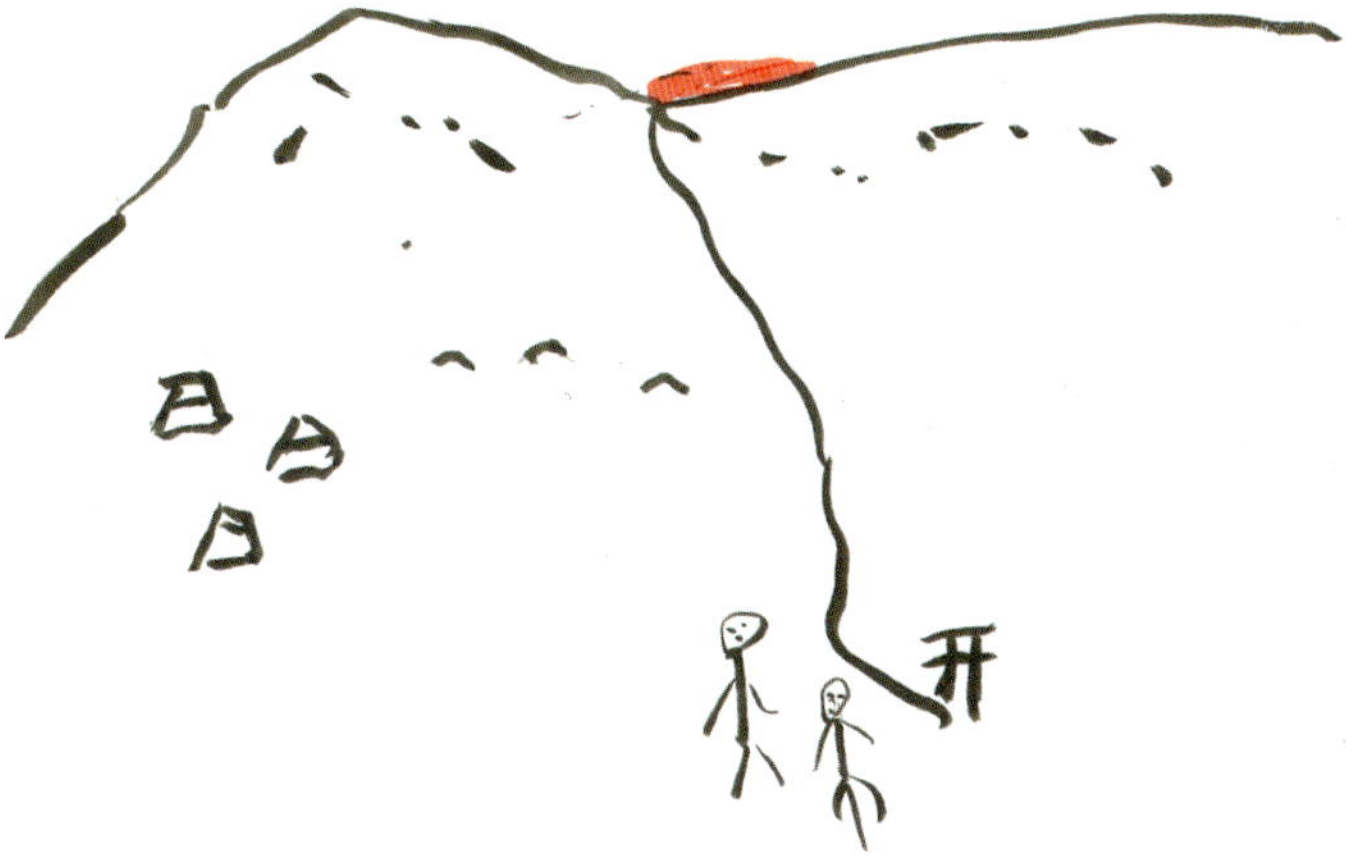

寒菊や
長病《わずら》いの
友おもふ

この花を持って見舞い、雀友を
元気づけてやろうかなあ。

紀州路や
みかん売場の
ここかしこ

マイカーをどこで止めようか、
迷っちゃうぞ。

冬

餅つきや
腰がふらつき
笑ふ妻

いつまでも強いと思うな、足と腰…
もうアカン。

くたびれて
家路を急ぐ
冬の月

ああしんど、早く帰って
熱燗で温まろう。

冬

万人を
優しく照らす
初日かな

初日を拝む幸せを感じる元日。
今年もガンバルぞ、老体にムチ打って…！

雑煮喰ひ
入れ歯外れて
初笑ひ

入れ歯で雑煮を食べるのは今年が初体験です。
果たして、どうなることやら…。

鉄瓶の
湯気の向ふに
赤い花

老夫婦が縁側で茶をたてているとき、庭の向こうで
赤い寒椿が咲きほほえんでいるように見えた。

縁側の
老いの番《つがい》に
差す冬日

あったかくて気持ちいいねえ、おばあさん…。

大寒や
厠《かわや》連れ添ふ
老夫婦

老いたれば、何をするにも
ふたりで、一緒に…。

左義長の
炎操《あやつ》る
竹の竿

それにしてもよく燃えるねえ。
今年も良い年でありますように…。

厠《かわや》立ち
夜半に仰ぐ
冬の月

寒い冬の夜はできるだけトイレへ行きたくない。
ギリギリまでガマンするけど、もうアカン…。

大寒や
朝の味噌汁
吹きながら

寒い朝は温《ぬく》いみそ汁がうまいんだなあ。
これが老妻の味…。

寒梅や
腰をかがめて
匂ひ嗅ぐ

待ちこがれて咲いた梅。
思わずホオずりしたくなる。

寒い朝
妻の料理に
舌鼓

私には妻の手料理が一番だ。

冬

老夫婦
目と目を合わす
足湯かな

服を脱ぐのが面倒だから
足湯にするか…。

炬燵抱き
孫の話に
目尻下げ

話の中味はよく分からないけど、
相づちだけは打っている。

冬

あとがき

二〇二四年、八月、花のパリでオリンピックの開催中にこの句集をつくりました。

くたびれて帰宅して風呂上がりのビールの肴にでもしていただければ、著者にとりましてはこの上ない喜びです。

なお、この句集の出版にあたり、竹林館社主の左子真由美様をはじめ、スタッフの皆様方には大変お世話になり、誠にありがとうございました。心より厚く御礼申しあげます。

終わりに、駄作を一句、披露させていただいて、私のつたないあとがきにさせていただきます。

初夢やベストセラーにわが句集　　ヘソ茶

著者略歴

ヘソ茶

本名　高坂 修輔（こうさか しゅうすけ）

1943年4月27日

岡山県英田郡福本村三保原594（現・美作市）に生まれる

1962年4月　大阪市役所へ入所

2001年4月　大阪市環境事業局東北事業センター長　就任

2004年3月　大阪市を退職

2020年6月　川柳集『くすっ、の種』（竹林館）出版

2022年10月　随筆集『まぜごはん』（竹林館）出版

現住所　〒639-0202　奈良県北葛城郡上牧町桜ヶ丘3-21-10

句集　四季に思いを寄せて

２０２５年１月20日　第１刷発行
著　者　ヘ　ソ　茶
発行人　左子真由美
発行所　㈱　竹　林　館
〒530-0044
大阪市北区東天満２-９-４　千代田ビル東館７階ＦＧ
Tel　06-4801-6111　Fax　06-4801-6112
郵便振替　00980-9-44593
URL http://www.chikurinkan.co.jp
印刷・製本　モリモト印刷株式会社
〒162-0813
東京都新宿区東五軒町３-19
© Hesocha　2025 Printed in Japan
ISBN978-4-86000-531-3　C0092
定価はカバーに表示しています。
落丁・乱丁はお取り替えいたします。